Limours 12 Mai 1894.

V

VENTE

des Dimanche 13, Lundi 14 et Mardi 15 MAI, s'il y a lieu

(Fêtes de la Pentecôte)

à LIMOURS (Seine-et-Oise)

ALLER : Départs de Paris, gare de Sceaux (matin), 7 h. 37, 9 h. 20, 12 h. 10
RETOUR : Départs de Limours (soir), 3 h. 26, 5 h. 15, 7 h. 25, 8 h. 40, 9 h. 45

Exposition Publique

Samedi 12, depuis 2 h. après-midi, **Dimanche 13, Lundi 14, Mardi 15**

(LE MATIN AVANT LA VENTE)

qui aura lieu à partir de midi 1/2 très précis

Meubles Anciens & Modernes

DE STYLE

Louis XIII, Louis XIV, Louis XV, Louis XVI, Directoire, Empire, etc...

OBJETS D'ART DE L'EXTRÊME-ORIENT

BRONZES, FAÏENCES, PORCELAINES, TABLEAUX, GRAVURES

Piano, Billard

LITERIE COMPLÈTE

Provenant du Château de PIVOT (Seine-et-Oise)

M. G. BLONDEAU
GREFFIER-PRISEUR
à **LIMOURS** (Seine-et-Oise)

M. P. L'HOSTE
EXPERT
2, Quai de Gesvres, **PARIS**

chez lesquels se trouve le présent Catalogue.

Conditions de la Vente

Elle sera faite au comptant.

Les acquéreurs payeront en sus des enchères **dix pour cent**.

L'exposition mettant le public à même de se rendre compte de l'état des objets, il ne sera admis aucune réclamation une fois l'adjudication prononcée.

Nota. — Les objets achetés devront être enlevés dans les trois jours à partir de la vente aux frais des acheteurs. Néanmoins, les objets portatifs pourront l'être sur-le-champ.

Passé le délai de trois jours, ils seront aux risques et périls de l'acheteur.

Désignation des Objets

MEUBLES ANCIENS & MODERNES

OBJETS D'ART

1 — Belle Table de salon, Louis XV, palissandre et bois de rose ; le dessus en marqueterie, les sabots en cuivre ciselé et doré ; **ancienne.**

2 — Une autre petite Table Louis XVI ovale, à filets, en marqueterie, pieds carrés, tablette d'entrejambe en forme de rognon, cuivres ciselés, galerie en cuivre doré ; **ancienne.**

3 — Une Commode Louis XVI, à deux portes, ornée de filets, garniture en bronzes ciselés et dorés, dessus en marbre blanc ; **ancienne.**

4 — Un beau Secrétaire Louis XVI, entièrement en marqueterie de bois de couleurs, orné d'entrées en cuivre doré, dessus en marbre ; **ancien.**

5 — Deux Fauteuils Louis XV, **anciens**, couverts de leur étoffe, dessin à chimères.

6 — Deux Chaises carrées Louis XVI, couvertes de tapisserie à la main, gros point ; **anciennes.**

7 — Deux Fauteuils Louis XIV, richement sculptés, couverts de tapisserie à la main, gros point ; **anciens.**

8 — Une Jardinière Louis XVI, avec pieds Louis XV, en bois de rose, garnie de cuivres ciselés et dorés.

9 — Un Guéridon acajou, ancien, avec une très-belle mosaïque sur le dessus.

10 — Un grand Guéridon acajou verni, ancien, avec dessus en marbre creusé et poli.

11 — Deux Lampes en vieux Delft, garniture ciselée et dorée au mercure.

12 — Deux Lampes en porcelaine de Chine, garniture ciselée et dorée.

13 — Deux Porte-bouquets en bois sculpté, garniture argentée.

14 — Une Commode style Empire, à colonnes, bagues, chapiteaux, entrées en cuivre doré, dessus en marbre.

15 — Une autre Commode Louis XVI, bois satiné et violette, filets marquetés en biais, garniture cuivre ciselé doré, dessus en marbre ; **ancienne.**

16 — Une Toilette en acajou verni.

17 — Une Toilette en acajou verni.

18 — Une Commode en acajou verni.

19 — Un lit Louis XVI, richement sculpté, et sa literie complète en très-bon état.

20 — Siéges Louis XVI, **anciens,** richement sculptés de raies de cœur, culots enfilés, feuilles d'acanthe, rosaces, et de cannelures torses, garnis de perse, composés de :

A — 1 Causeuse, à joues garnies et coussin.
B — 4 Fauteuils médaillon.
C — 2 Chaises, à palmettes au dossier.

21 — Une petite Table de nuit, en marqueterie, Louis XVI, garnie de bronzes ciselés et dorés ; **ancienne.**

22 — Une autre semblable.

23 — Une Pendule Louis XVI, en marbre blanc, composée d'un cadran posé sur un entablement supporté par quatre colonnes en bleu turquin, bronzes ciselés et dorés, bon mouvement ; **ancienne.**

24 — Une Pendule, tout en bronze ciselé et doré au mercure ; sujets représentant l'*Etude,* style Empire ; un gros socle figurant une bibliothèque avec cadran au centre ; **ancienne.**

25 — Une Encoignure Louis XVI, en marqueterie, bois de rose et amaranthe ; sur le panneau de la porte, Attributs de Musique en couleur ; ornée de cuivres ciselés et dorés, dessus en brèche d'Alep ; **ancienne**.

26 — Un Coffret japonais, aventurine.

27 — Une petite Table Louis XVI, tout en marqueterie de bois de couleurs, imitant les dallages en quadrilles ; **ancienne**.

28 — Une grande Chauffeuse Louis XIII, garnie de velours vert et bande de tapisserie à la main, au gros point.

29 — Une Pendule Régence, en verni Martin, sur fond or, bronzes ciselés et dorés ; **ancienne**.

30 — Une Armoire normande ; **ancienne**, sculptée ; les panneaux du haut des deux portes vitrés, avec plombs en quadrilles, formant une très-belle bibliothèque.

31 — Un Bahut à deux corps, en noyer, Louis XIII, à quatre portes et deux tiroirs, sculpté et à colonnes torses ; **ancien**.

32 — Une belle Commode Louis XIV, pieds à coins ronds ornés de cannelures en cuivre poli, garniture en bronze ciselé et doré, dessus en marbre ; **ancienne**.

33 — Une Pendule, socle marbre et bronze, sujet *Daphnis et Chloé.*

34 — 2 Chandeliers Louis XIII, bronze ; **anciens**.

35 — Une Garniture de foyer en bronze ; Empire.

36 — Un Lit, acajou moucheté, et sa literie.

36 *bis* — Un autre Lit semblable.

37 — Une Table de nuit cylindre, acajou.

37 *bis* — Une autre Table de nuit semblable.

38 — Deux Fauteuils et deux Chaises, acajou, garniture perse.

39 — Un petit Christ en ivoire, **ancien,** dans son cadre doré, **ancien**.

40 — Une petite Table à ouvrage, acajou.

41 — Une Commode Louis XV, galbée, garniture en bronze ciselé et doré, dessus en marbre ; **ancienne**.

42 — Une Commode, richement décorée de marqueterie, ornée de bronzes Louis XIV, dessus en marbre ; **ancienne**.

43 — Un petit Chiffonnier, très-étroit, six tiroirs, garniture bronze.

44 — Une petite Table à ouvrage, Louis XVI, à

pieds chantournés, ornée de marqueterie, garniture en bronze ; **ancienne**.

45 — Une petite Pendule Louis XVI, composée d'une gaîne cannelée, montée sur un socle supportant des Instruments de Jardinage, cadran entouré d'une Couronne de lauriers en bronze ; **ancienne**.

46 — Une Encoignure de chambre, avec son prie-Dieu, style gothique, avec son baldaquin en chêne vieux, garniture en velours grenat.

47 — Une Etagère, avec une image de la Vierge.

48 — Un très-beau Christ, en ivoire, avec son cadre ancien.

49 — Une Etagère, en marqueterie.

50 — Une petite Pendule.

51 — Un Mobilier de salon, en acajou verni, garni de velours uni, en bon état, composé de :
Deux Canapés.
Deux Bergères.
Quatre Fauteuils.
Cinq Chaises.

52 — Une Commode Louis XV, galbée, garniture en bronze doré et ciselé, dessus en marbre ; **ancienne**.

53 — Une Etagère surmontant une petite commode, le tout garni de bronzes dorés.

54 — Un Mobilier de petit salon Louis XVI, peint blanc et rouge, composé de :

Deux Canapés, à joues garnies, avec coussin plume.

Une Bergère, gondole garnie, tendue.

Quatre Fauteuils id.

Deux Chaises id.

Une Chaise Louis XVI, à lyre, paillée en couleur ; **ancienne.**

55 — Un petit Lit de repos.

Un Fauteuil à hotte.

Deux Chaises. — Le tout en acajou, garni en étoffe fantaisie ; style Empire.

56 — Un Fauteuil Voltaire, acajou, couvert de velours d'Utrecht, couleur jaune.

57 — Une Table bouillotte, acajou et cuivre. **Directoire.**

58 — Un petit Bureau de dame, en acajou, forme pupitre.

59 — Une petite Table étagère, octogone, en acajou.

60 — Un Bureau acajou, dessus en basane.

61 — Une Pendule en marbre, cadran en bronze doré, empire.

62 — Une Pendule Louis XVI, en marbre blanc, cadran monté sur un entablement supporté par quatre colonnes en marbre, bronzes ciselés et dorés ; **ancienne.**

63 — **Grande quantité de Vases, Potiches, Cornets, Porte-Bouquets, Jardinières, Assiettes, Plats, Soupières, objets d'étagères de toutes les anciennes fabriques Françaises et étrangères, notamment de : Rouen, Moustier, Marseille, Strasbourg, Nevers, Delft, etc. Pièces de la Chine et du Japon.**

64 — **Plats en cuivre et en étain anciens et modernes.**

65 — Une Commode Louis XIV, palissandre verni, pieds à coins ronds avec cannelures en cuivre poli, garniture des tiroirs en cuivre ciselé et doré, dessus en marbre ; **ancienne.**

66 — Deux Tables anciennes.

67 — Une Toilette psychée, en acajou verni ; Empire.

68 — Un Secrétaire à colonnes acajou verni, bagues en cuivre doré, dessus en marbre ; Empire.

69 — Un Bonheur du jour, à colonnes, acajou

verni, intérieur avec un gradin orné de bronzes ciselés et dorés ; Empire.

70 — Une Commode acajou, avec son marbre.

71 — Deux Etagères, en acajou.

72 — Une Commode acajou, avec poignées en cuivre, dessus marbre ; Directoire.

73 — Deux Chaises Louis XV, cannées ; **anciennes.**

74 — Deux Fauteuils Louis XV, cannés; **anciens.**

75 — Un Fauteuil Louis XVI, paillé en couleur, dossier à lyre ; **ancien.**

76 — Une Chaise Louis XVI, à lyre, paillée en couleur ; **ancienne.**

77 — Une Table de chêne, dessus à compartiments en marqueterie de bois de couleurs.

78 — Huit Lits en acajou.

79 — Deux Lits en fer.

80 — Un Lit en noyer.

81 — Quantité de Literie provenant des lits ci-dessus, à vendre avec ou séparément.

82 — Sept Tables de nuit acajou.

82 *bis* — Deux Tables de nuit en noyer.

83 — Une petite Table à ouvrage.

84 — Une Table à volets, en acajou.

85 — Un bureau acajou.

86 — Deux Toilettes anglaises, acajou.

87 — Un Guéridon acajou, avec ses cuivres ; Empire.

88 — Une Table bureau, en acajou.

89 — Une Commode Louis XV, à deux tiroirs, garniture en bronzes ciselés et dorés, dessus marbre Sainte Anne ; **ancienne.**

90 — Une Chaise Louis XIV, couverte en cuir de Cordoue, fond or ; **ancienne.**

91 — Une Garniture de cheminée, en bronze très-bien ciselée, composée d'une pendule surmontée de deux sujets (Musique et Poésie).

Deux Candélabres formés par deux Anges supportant des bras de lumière.

92 — Trois Fauteuils Louis XV, cabriolets, couverts de cretonne ; **anciens.**

93 — Une Chaise Louis XVI, peinte en blanc, rehaussée d'or, couverte en soie Empire ; **ancienne.**

94 — Un Bureau de dame, en acajou, pieds torses.

95 — Un petit Coffret japonais.

96 — Un autre semblable.

97 — Un Lit peint en blanc, Empire.

98 — Un Lit Louis XVI, peint en blanc ; **ancien.**

99 — Un autre Lit Louis XVI, peint en blanc ; **ancien.**

100 — La Literie des trois lits ci-dessus, à prendre avec ou séparément.

101 — Trois Tables de nuit, peintes en blanc, allant avec les lits ci-dessus (modernes).

102 — Une Chauffeuse Louis XIII, richement sculptée, en noyer de choix, garniture en tapisserie.

103 — Une Pendule Louis XVI, en marbre blanc, avec son socle *idem,* bronzes riches et finement ciselés, dorés au mercure (cadran signé: *L'Echoppier*) ; **ancienne.**

104 — Une petite Commode Louis XV, palissandre, garniture en bronzes ciselés et dorés, dessus marbre ; **ancienne.**

105 — Un Plateau en glace, monté en bronze doré, garniture en verre de Bohême.

106 — Une Table ovale, à deux patins réunis par un entrejambe, dessus à volets.

107 — Un Lit en frêne verni et sa literie complète.

108 — Une Table de nuit allant avec le lit ci-dessus.

109 — Un Fauteuil frêne, avec son coussin en plume.

110 — Un grand Lit Louis XIII, en chêne sculpté, colonnes torses, avec sa literie ; **ancien.**

111 — Une Table de nuit moderne, allant avec le lit n° 110.

112 — Une petite Table, allant avec le lit n° 110.

113 — Une Garniture de foyer, en cuivre doré.

114 — Une autre Garniture, avec lions ciselés ; Empire.

115 — Un beau Christ en bois, très-finement sculpté ; **ancien.**

116 — Un Canapé en acajou, garni.

117 — Une Chaise Louis XVI, peinte en blanc, rehaussée d'or, couverte de velours d'Utrecht.

118 — Une petite Table à ouvrage, en acajou, à colonnes ; Empire.

119 — Une Etagère en marqueterie, ornée de bronzes.

120 — Quatre grandes Appliques en faïence, avec chacune un bras de lumière, Louis XV, ciselé ; **anciennes.**

121 — Deux grandes Appliques Louis XV, en cuivre repoussé et argenté.

122 — Une Pendule en marbre blanc, ornée de bronzes ciselés et dorés au mercure, jolies miniatures, sujet : *La Religieuse*.

123 — Une Toilette à coiffer, en acajou, glace se relevant et côtés s'ouvrant ; **ancienne.**

124 — Une Encoignure avec son dessus en marbre.

125 — Une Commode, en acajou verni.

126 — Une Armoire en chêne, Louis XIII, avec de belles ferrures ; **ancienne.**

127 — Une Armoire à glace, en acajou verni.

128 — Une Commode, en acajou, avec tiroirs à l'anglaise.

129 — Une Toilette, en pitch-pin, avec son marbre.

130 — Une petite Commode Louis XV, bois de rose et violette, garniture en bronzes ciselés et dorés, dessus en marbre.

131 — Une Armoire, portes pleines en acajou verni.

132 — Une Table Louis XIII, en noyer, dessus à compartiments, en marqueterie ; **ancienne.**

133 — Une Pendule en bronze ciselé et doré au mercure, sujet représentant *La Musique* ; **Empire.**

133 bis — Deux Candélabres, forme en gaîne, allant avec la pendule ci-dessus.

134 — **Assortiment de Verres de Bohême, Venise,** etc.

135 — **Grande quantité de Flambeaux, Chandeliers Louis XIII, Louis XIV, Louis XV, Louis XVI, et Empire, en bronze doré et argenté.**

136 — Un Guéridon.

137 — Une Armoire, en bel acajou verni, à portes pleines.

138 — Un Petit Bonheur du jour, en acajou, formant bureau, étagères sur les côtés, à coins ronds, porte à glace ; **Directoire.**

139 — Une petite Étagère, sur un pied central à 3 patins, 3 tablettes, le tout en marqueterie de bois de couleur, galeries en cuivre doré.

140 — Une Commode, ornée de larges filets sur les tiroirs, avec poignées et entrées en cuivre, dessus en brèche d'Alep ; **Directoire.**

141 — Une Table bureau, en acajou.

142 — Une Toilette acajou, avec marbre et psychée

143 — Un Bouclier en bronze, Henri II.

144 — Un Bahut Renaissance, à deux corps, celui

du bas à 2 portes sculptées, celui du haut à 3 portes, avec avant-corps au milieu sculpté ; les portes des côtés vitrées avec plombs.

145 — Un Billard de 2,90 de long, de la maison Chéreau, bandes américaines en caoutchouc, en très bon état.

Ses accessoires : porte-queues, queues, billes, housse, marque, panier à poule, brosse, etc.

146 — Un Orgue Harmonium, d'Alexandre, 13 registres, avec sa chaise.

147 — Un Piano de Herz, avec son tabouret.

148 — Un Canapé pommier, acajou verni, couvert en moquette.

149 — Cinq Fauteuils et 4 Chaises, allant avec le canapé N° 148.

150 — Deux Tables à jeu, en acajou verni.

151 — Une Table tric-trac, à volets, avec ses accessoires, bois d'acajou.

152 — Deux bibliothèques, en acajou, avec collection de la *Revue des Deux-Mondes*.

Répertoire du Théâtre-Français.
Belles éditions de classiques.
Quantité de romans.
Reliures anciennes et modernes.

153 — Un Buffet de salle à manger, en acajou verni.

153 bis — Un autre Buffet semblable.

154 — Une Table, en acajou, à rallonges.

155 — Une Servante, en acajou, dessus en marbre.

156 — Une Servante, dessus en marbre, tablettes cannées.

156 bis — Une autre semblable.

157 — Douze Chaises de salle à manger, en acajou, couvertes en velours vert.

158 — Un Baromètre L. XVI (de Pierlot); **ancien.**

159 — Un Régulateur L. XIV ; **ancien.**

160 — Suspension de salle à manger, avec sa lampe.

161 — Légumiers et plats en étain gravés ; anciens.

162 — Deux Appliques L. XV, en étain repoussé et ciselé ; **anciennes.**

163 — Batterie de cuisine en cuivre : Lampes, Porte-pelles et Pincettes, etc. Plats en cuivre et en étain.

164 — Une petite Encoignure peinte.

165 — Grande quantité de Chaises, Fauteuils, Bergères, de tous bois, de tous styles, anciens et modernes, couverts de toutes étoffes.

Petits objets de toutes sortes.

PEINTURES & GRAVURES

1° Gravures coloriées anciennes

166 — Achille reconnu par Ulysse.
167 — Désintéressement de Phocion.
168 — Cornélie, mère des Gracques.
(D'après Garnier, gravé par Mariage).

169 — Pline le Jeune écrit les circonstances de la mort de son oncle. (Peint par Kauffman, gravé par Legrand).

170 — Le Départ pour le Marché, d'après Blaisot.
171 — Le Retour de la Laitière, d'après Chasselat.
(Gravé par Duthé).

172 — Les Moissonneuses, d'après R. Westall.
173 — L'Orage, id.
(Gravé par Rohemhield).

174 — Trois petites scènes enfantines :
Le Petit Château de cartes ;
Le Bouquet de la petite sœur ;
Le Petit Cavalier.

175 — Gravure représentant des personnages (Figure Allégorique).

176 — Gravures anglaises :

A Extravagance et Dissipation, d'après Singleton ; Darcis, sculpteur ;

B Les Suites de l'Extravagance, d'après Morland ; Darcis, sculpteur ;

C Industrie et Economie ;

D Les Fruits de l'Industrie et de l'Economie, d'après Merlan ; Darcis, sculpteur.

2° Gravures Coloriées Modernes

177 — Gravure anglaise. Cheval et jument. Muley Moloch, Rebecca (J.-F. Herring).

178 — Les Saisons, id.

PEINTURES A L'HUILE

MODERNES

179 — Paysage, peinture sur toile.

180 — Aquarelle, sujet de sport, par Levis Brown.

181 — Paysage, petite peinture sur toile signée A.K.

182 — Paysage, petite peinture sur porcelaine.

183 — Mère et son Enfant, peinture sur métal.

184 — Scène champêtre, peinture sur toile.

185 — Marine, grande peinture sur toile.

Gravures noires

186 — Napoléon le Grand, d'après Gérard, gravé par Desnoyers.

187 — Conversation espagnole, d'après Vanloo.
188 — Lecture espagnole, id.
(gravées par J. Beauvarlet).

189 — Triomphe de Galathée, d'après Raphaël, gravé par J. Richomme.

190 — Corinne au cap Misène, d'après Gérard, gravé par Prévost.

191 — Le Tasse à Saint-Onofio, d'après Robert-Fleury, gravé par F.-M. Dien.

192 — Daphnis et Chloé, d'après Gérard, gravé par Richomme.

193 — Deux Figures Allégoriques, par Vénéto.

194 — Les Noces de Cana, d'après Pellegrini, gravé par Dissard.

195 — La Mort de Socrate, d'après L. David, gravé par J. Massard.

196 — Hippocrate refuse les présents d'Artaxercès, d'après Girodet Frioson à Rome, en 1792, gravé par R.-U. Massard.

197 — Les Religieuses rançonnées, d'après Robert Fleury, gravé par Thouvenin.

198 — L'Arioste, d'après Mauzaisse, gravé par Ruhierre (1828).

199 — Le Repos de Diane, d'après E. Lesueur, gravé par Henriquez.

200 — Eloïse recevant le voile des mains d'Abélard.

201 — Il Décamerone, par Winterhalter, gravé par F. Gérard.

Photographies

202 — Deux vues de Longchamps. Equipages.

203 — Amours et autres. Six Médaillons gravure sanguine.

DAX. — Imprimerie-Papeterie V. DUSSÉQUÉ, rue St-Pierre et rue Large.

www.ingramcontent.com/pod-product-compliance
Ingram Content Group UK Ltd.
Pitfield, Milton Keynes, MK11 3LW, UK
UKHW020230180726
13838UKWH00005B/2305